춘자

춘자

발행일	2023년 12월 6일		
지은이	송민화		
펴낸이	손형국	감수	강석환, 서목영, 조용호
펴낸곳	(주)북랩		
편집인	선일영	편집	윤용민, 배진용, 김부경, 김다빈
디자인	이현수, 김민하, 임진형, 안유경, 최성경	제작	박기성, 구성우, 이창용, 배상진
마케팅	김회란, 박진관		
출판등록	2004. 12. 1(제2012-000051호)		
주소	서울특별시 금천구 가산디지털 1로 168, 우림라이온스밸리 B동 B113~114호, C동 B101호		
홈페이지	www.book.co.kr		
전화번호	(02)2026-5777	팩스	(02)2026-5747

ISBN   979-11-93499-77-1 03810 (종이책)   979-11-93499-78-8 05810 (전자책)

(주)북랩 성공출판의 파트너

북랩 홈페이지와 패밀리 사이트에서 다양한 출판 솔루션을 만나 보세요!

홈페이지 book.co.kr • **블로그** blog.naver.com/essaybook • **출판문의** book@book.co.kr

---

작가 연락처 문의 ▸ ask.book.co.kr

작가 연락처는 개인정보이므로 북랩에서 알려드릴 수 없습니다.

어머니가 그리울 때

춘자

송민화
지음

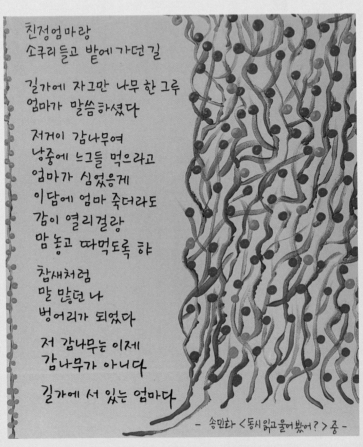

친정엄마랑
소쿠리 들고 밭에 가던 길

길가에 자그만 나무 한 그루
엄마가 말씀하셨다

저거이 감나무여
낭중에 느그들 먹으라고
엄마가 심었응게
이담에 엄마 죽더라도
감이 열리걸랑
맘 놓고 따먹도록 햐

참새처럼
말 많던 나
벙어리가 되었다

저 감나무는 이제
감나무가 아니다

길가에 서 있는 엄마다

— 송민화 〈동시 읽고 울어봤어?〉 중 —

『동시 읽고 울어봤어?』中, 송민화 作

춘자

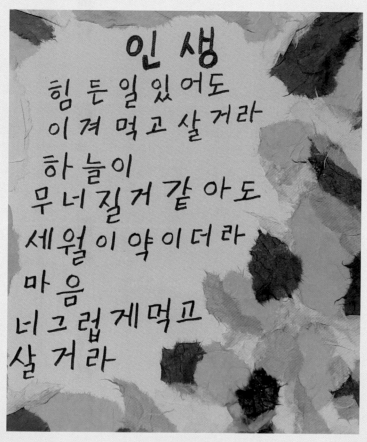

인생, 정춘자 作

정춘자, 송민화 올림

1부

소녀와 막걸리

춘자야, 막걸리 받아와라

찌그러진 노란 주전자 들고
고개 넘어 주막집을
숱하게 다녔다.

"오늘도 외상이냐?"
황소 같은 주막집 아줌마
소쿠리보다 큰 아줌마 엉덩이
아줌마 엉덩이보다 큰 술항아리

더운 어느 날
산길 혼자 걷다가
주전자에 입 대고 마셨다.
반나절을 쓰러져 잤다.

일편단심 술사랑

춘자

허허실실 아부지

어머니 먼저 저세상 가시고
혼자 집 지키며 사셨는데

달 떴다고 한 잔
비 온다고 한 잔

대추 열렸다고 한 잔
단풍 들었다고 한 잔
첫눈 온다고 한 잔
밤이 길다고 한 잔

어머니 그립다고 한 잔
어머니 잊는다고 한 잔

나 시집가던 날
냇가에 돌멩이 던지듯 툭

한마디 하셨다.

춘자야, 잘 살아라

어머니 그리운 날

80이 넘어도
어머니가 생각난다.

가난해서 공부 못 시킨 맏딸
가난한 집 맏며느리로 시집 보낸 날

아궁이 앞에서
부지깽이로 솔잎 뒤적거리며
밤이 깊도록 우셨다고 한다.

딸이 그리운 날
딸이 신던 검정 고무신
쓰다듬었다고 한다.

찬 바람 불던 어느 가을날
장에 간다고 하신 그날

마당에 쓰러져
하늘나라 가신 어머니

시집와서 60년
내 어머니 본 날
몇 번인가 세어보니

열두 번도 안 된다.
열두 번도 안 된다.

춘자

친정 엄마

정춘자

산에 가서
고사리 꺾고
취나물 뜯어
팔기도 하고
먹기도 하고
9 남매 낳아
시래기죽 먹고 사셨네
지긋지긋하게 먹어서
나는 지금도 죽이 싫다네

자식들 다 커서
자식들한테
사랑 받을만 할 때
시장 간다고
나가셨다가
돌아가셨네
일주일 앓고
돌아가셨네

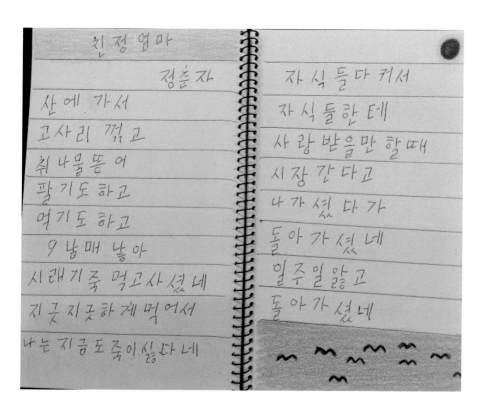

누구나 이별을 한다

시어머니,
돌아가시기 전까지
똥오줌을 받아냈다.

나도 애교가 없는데
시어머니도 그랬다.

흰 손수건에 진달래꽃 물들 듯
정이 들어야 하는데
서로 그러지 못했다.

여기저기 다니면서
큰며느리 흉을 보셨고
나는 알면서도 아무 말 못했다.

마지막 숨을 거두기 전,
비쩍 마른 동태 같은 종아리

춘자

따뜻한 수건으로 닦아드리며
마지막 인사를 드렸다.

　　'고집쟁이 시어머니 어디 가고
　　지푸라기가 되셨어요.

　　하늘나라 가시면
　　숨 가쁜 약 그만 드시고
　　실컷 뛰어다니셔요.'

"아부지 아부지"
저승으로 건너갈 때
마지막 말씀이었다.

밉고
어렵고
서운했던

시어머니
어디 가고

늙고 병들어 죽어가는
딱한 여인이 거기 있었다.
내가 거기 있었다.

춘자

다시 태어나면

오십 넘은 딸이 물었다.
"엄마, 다시 태어나면 어떻게 살고 싶어?"

산골에서 태어나
교실 문턱도 못 가보고
스물에 시집와 열두 식구 밥해 먹이며
한평생 논밭에서 일만 했다.

자식 소풍 가는 날,
그날인 줄 모르고
딸기 모종 구하러
트럭 짐칸 얻어 타고
새벽길을 나서기도 했다.

하늘의 별을 셀 수 없듯
힘들고, 아프고, 서러운 날들
어찌 셀 수 있을까.

춘자

다시 태어나면

내 자식들 곱게 키우고 싶고

나도 한번 곱게 살아보고 싶다.

춘자

궁합은 있다

드라마를 보다가 부러웠다.
'저 여자는 무슨 복이 있어서
저렇게 자상한 남자랑 사나'

호랑이 같은 남편이랑
60년 넘게 살았다.

남편은
대나무처럼 꼿꼿하고
저울처럼 오차 없고
어디서 누구에게든
할 말은 한다.

밤송이 같고
청양고추 같고
허당끼라고는
바늘구멍만큼도 없다.

우리 동네에
술만 먹었다 하면 시비 거는
술꾼이 하나 있었는데
동네 사람들 다 건드려도
우리 집 양반은 못 건드렸다.
정신줄 놓은 술꾼도 무서워했다.

내가 평생 들은
잔소리랑 호통을 합치면
오뉴월 햇볕보다 뜨거워
돼지 한 마리 금세 구워질 것이다.

다시 태어나면
바보 온달 같고
곰 같은 남자랑
살고 싶다.

이래도 흥

저래도 흥

둔해 터지고

순해 터지고

나사 한두 개 빠진

덜떨어진 남자랑

살고 싶다.

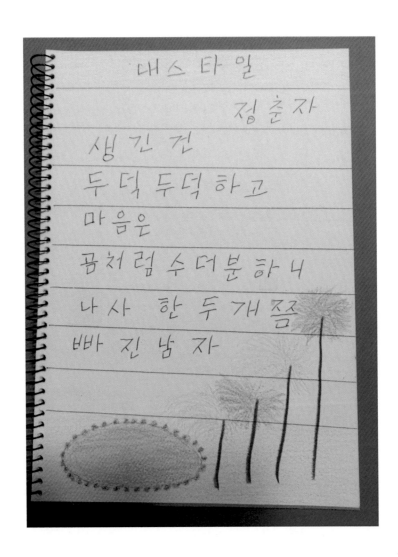

내 스타일

정춘자

생긴 건
두덕두덕하고
마음은
곰처럼 수더분하니
나사 한두 개쯤
빠진 남자

나의 기도

큰아들,

마흔 넘어 고깃집을 차렸다.

제일 좋은 고기 사다가

직원들 월급 먼저 챙기고

배추 상추 파를 길러서

손님상 차려드렸다.

나는 해마다 김장 500포기를 해줬다.

몇 년 후,

손님이 없어서가 아니라

남는 게 없어서 문을 닫았다.

아들은

밤 열두 시까지

숯불에 일일이 고기 구워주고

옷이 축축해져 집에 오고

노는 날 없이 일했다.

마지막 날,
가게 문 닫고
직원들 둘러앉아 밥을 먹고
노래방 가서 어깨동무하며 놀았다 한다.
직원들이 먼저 울고 아들도 울었다고 한다.

젊은 직원이 그랬다고 한다.

　사장님,
　돈 안 받고 어디든 가서
　도와드릴 테니 꼭 연락주세요.

지금은
홀로 서울 올라가
대학교 앞에서 분식집을 한다.

　　　　　　　　　　　　　　　　　　춘자

나는 기도한다.

천지신명이시여
돈은 돌고 돈다는데

우리 아들에게도
한번 다녀가게 해주소서

고생 끝에 낙이 온다는데
밤새 소복이 쌓이는 눈처럼
우리 착한 아들에게도
복 한번 내려 주소서

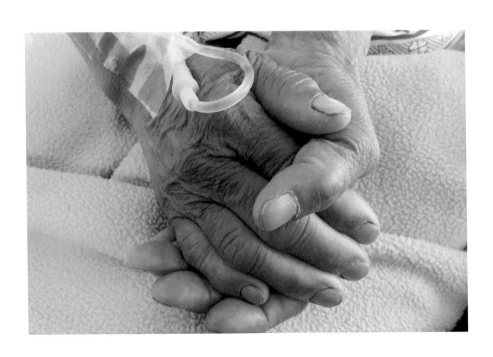

춘자

딸 셋을 낳아 보았는가

1969년
겨울
새벽에
사랑방에서
미싱 다리 잡고
혼자 아기를 낳았다.
셋째 딸이다.

옆집 욱이네
윗뜸 철이네
아들 셋 낳을 때
나는 딸 셋을 낳았다.

그날 밤
주무시는 어른들 깰까 봐
수건을 입에 물고
혼자 아기를 낳았다.

남편은
이웃 마을에 일하러 갔다가
화투 치며 노는지
새벽까지 오지 않았다.

울었다.

사나흘 만에 일어나
식구들 밥을 했다.

셋째 딸은
보란 듯이 아빠를 빼닮았다.
눈은 염소처럼 까맣고
코는 하늘 높은 줄 몰랐고
깎아놓은 밤톨 같았다.

춘자

머리도 닮았는지 크면서는
공부도 옴팡지게 잘했다.

고등학교를 수석으로 들어가
3년 내내 일등을 했다.

하늘이 셋째 딸을 주신
이유가 있었다.

춘자

언니라서 미안하다

내가 시집와서
둘째 딸 낳던 해
친정어머니는
늦둥이 막내딸을 낳으셨다.

내가 9남매 중 맏딸인데
바로 아래 동생이
어렸을 때 죽었다니까
울 어머니
낳긴 열을 낳으셨다.

막냇동생은
동생은 동생인데
함께 산 정이 없어서
서먹서먹했다.

세월이 흘러 흘러
어머니 돌아가시고
아버지 돌아가시고
나도 늙고 막내도 나이 들었다.

언젠가는 나를 방으로 잡아당겨
용돈 십만 원을 주면서 말했다.

언니, 맛있는 거 사 먹어

엄마 본 시간이 제일 짧은 막내는
내가 엄마 같은가 보다 싶었다.

'언니, 일 좀 그만해'라고 하는데
'엄마, 일 좀 그만해'라고 들렸다.

하늘에 계신 어머니,

춘자

누가 제일 그리울까 생각하니
엄마 본 시간이 제일 짧은 막내였다.

잘 살거라, 막내야
내 자식들 키우느라
옷 한 벌 못 사주고
언니 노릇 한 번 못 해서
미안하구나.

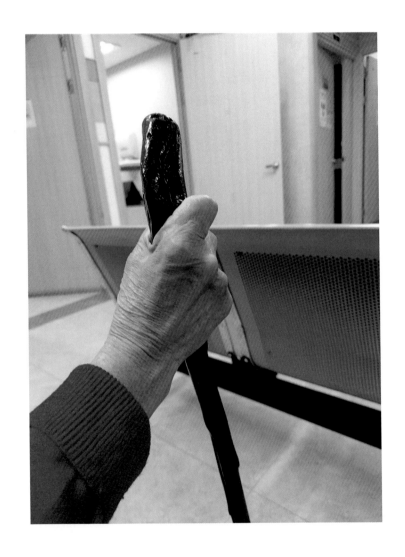

춘자

지독했다, 그 여름

갓난애기 등에 업고
시어른 밥해 드리려고
억센 깨나무 무릎으로 분질러
아궁이에 넣고 불을 뗐다.

온몸에 땀이 냇물처럼 흐르고
땀띠가 좁쌀처럼 다닥다닥 났는데
그게 으깨져 진물이 나고 따가웠다.
밤이 되면 가려워서 잘 수가 없었다.

어찌나 덥고 힘들었는지
세월이 아무리 흘러도
잊히지가 않는다.

오뉴월 땡볕
밭고랑 그늘에 애기 뉘어놓고 일을 했다.

그러다 밥때가 되면 서둘러 집에 와
애기 업고 불 때서 시어른 밥을 해드렸다.

어린 자식 등에 업고
마당 한쪽 아궁이 앞에서
비 오듯 땀 흘리며
시뻘건 얼굴로 불 때던
그 시절, 그 여름

다시 살라고 하면
나는 못 산다.

춘자

별이 아이를 키운다

여름이면
열두 식구
마당에 멍석 깔고
빙 둘러앉아 저녁을 먹었다.

된장이랑 호박잎
열무김치랑 고추장
양푼에 비벼 먹었다.

동네 사람 지나가면
숟가락 얹어 함께 먹었다.

밥을 먹고 나면
애들은 어른 무릎에 눕고
어른들은 애들 부채질해 주면서
밤이 깊도록 이야기꽃을 피웠다.

춘자

진숙이네 개가 새끼를 일곱 마리 낳았댜

몇 마리 팔아서 솥단지 산댜

강아지 팔아서 솥단지 사면

질기고 오래 쓴댜

숙희네 쌈닭은 조심햐

둘째 볼따귀 쪼았응게

낮에는 호미 들고 땅을 파고

밤에는 하늘 보고 별을 봤다.

그 마당

그 멍석

그 밥상

그 무릎

그 별들이

내 자식들

함께 키웠다.

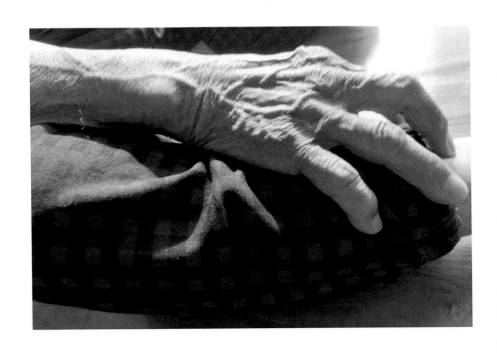

춘자

눈 내리던 날

둘째를 도시로 보내던 날
아침부터 눈이 내렸다.

눈 맞아가면서
둘이 읍내로 걸어갔다.

우유라도 하나 사주려고
주머니를 뒤적거리는데
그놈의 버스가 바로 왔다.

열일곱 딸이
책가방 등에 메고
큼지막한 옷 가방 들고
혼자 버스에 올랐다.

손을 흔들어야지 했는데
딸은 저쪽 창가를 보고 섰다.

먼지 날리면서
버스는 떠나가고

집으로 혼자 걸어오는데
날맹이 고개쯤 왔을 때

눈물과 눈이 섞여
비처럼 흘렀다.

같이 갔어야 했는데…

딸은
수십 년 세월이 흘러서야 말했다.

그날 눈물이 나서
눈에 힘을 꽉 주고 갔다고…

엄마를 보면

눈물이 날까 봐

고개를 돌릴 수가 없었다고…

춘자

병원보다 딸이더라

큰딸은 소나무처럼 변덕이 없고
둘째 딸은 모과나무처럼 흔치 않고
셋째 딸은 도토리나무처럼 실속 있고

큰딸은 백로처럼 맘이 곱고
둘째 딸은 수박처럼 속이 시원하고
셋째 딸은 화살처럼 행실이 확실하고

큰딸은 꼼지락거리고
둘째 딸은 덜렁거리고
셋째 딸은 꼼꼼하고

큰딸은 자면서 코를 골고
둘째 딸은 자면서 방귀를 뀌고
셋째 딸은 그 소리에 잠 못 자고

같은 학교를 다녀도
아침마다 듣는 소리가 달랐다.
큰딸은 '아직도 안 갔냐?'
둘째 딸은 '혼자 가는 겨?'
셋째 딸은 '벌써 갈라고?'

큰딸은 노인네처럼 떡을 좋아하고
둘째 딸은 마당쇠처럼 밥을 좋아하고
셋째 딸은 환자처럼 죽을 좋아하고

그래도 딸 셋이 다 공부 잘해
장학금을 받아왔다.

몇 해 전,
나는 버스를 두 번 갈아 타고
대학 병원에 가다가 쓰러졌다.
터미널 의자에 누웠다.

춘자

첫째 딸은 전복 사다 죽 끓이고
둘째 딸은 태우러 달려오고
셋째 딸은 자기 집에 내 방을 마련했다.

딸 셋이 아침저녁으로
이 음식 저 음식 해오고
서울 큰 병원에 데리고 다녔다.

숟가락 들 기운도 없어서
다 살았나보다 했는데
딸들이 나를 살렸다.

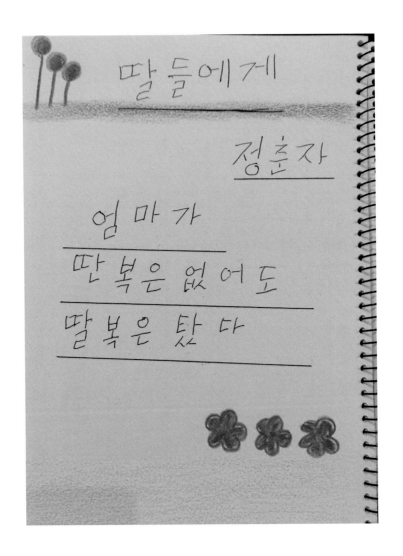

딸들에게

정춘자

엄마가
딴 복은 없어도
딸 복은 탔다

첫 손자 이야기

큰아들이 장가가서
첫 손자를 낳았다.

방 한가운데
첫 손자 뉘어 놓고
온 식구 둘러앉아
보고 또 보고
웃고 또 웃었다.

그 첫 손자가
스무 살에 군대를 가는데

할아버지 할머니 앉혀놓고
큰절하고 집을 나가는데
눈물이 줄줄 흘렀다.

차가 안 보일 때까지 울고
손자 방에 들어가 울고
며칠을 울었다.

군대 가기 전,
공사장 다니더니
할머니 편히 걸으라고
운동화를 사 왔다.

그 신발 볼 때마다 생각했다.
'내가 이 신발 다 닳을 때까지 살 수 있을라나'
봄이 되자
첫 휴가를 나왔다.
군복 입은 채
들깨밭으로 달려와 경례를 했다.

　　　이게 누구여

춘자

두 손으로 땅을 짚고
천천히 일어서는데

손자가 내 손을 잡고
울먹이면서 말했다.

할머니, 몸이 왜 이래
왜 이렇게 늙었어

밭고랑에서
흙 묻은 손 붙잡고
손자는 할미 늙었다고 울고
나는 반갑고 고마워서 울었다.

저녁에
두부랑 파 한 주먹 넣어
된장찌개를 끓여줬다.

이틀 동안
들깨밭에서 함께 일하고
군복 입고 떠나는데

그놈의 눈물이
또 한 바가지 나왔다.

춘자

비 오는 날

정춘자

비 맞아 가며
고구마 심고
비 온 뒤에
딸기 심고
콩 심고 팥 심었네
그때가 젊어서

좋았네

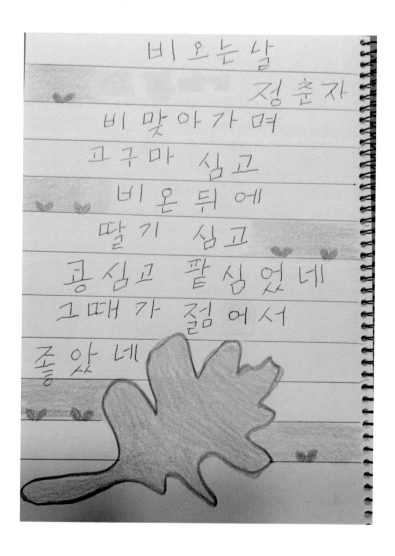

2부

손녀라는 보약

둘째 딸이 직장 때문에
애기를 맡겼다.

걸음마 시작할 때인데
두 노인네 손녀딸 보는 재미로 살았다.

교대로 애기를 봤는데
밭매다가 손녀가 보고 싶어
호밋자루 던지고 집에 온 적도 있었다.

저녁이면
이웃 사람들까지 빙 둘러앉아
손녀가 한 걸음 뗄 때마다
박수 치며 웃었다.

셋이서 매일 웃고, 먹고, 자며
가을이 가는지 겨울이 오는지도 몰랐다.

춘자

어느 날
사위가 방학이라고 애를 데리러 왔다.
방학 끝나면 놀이방에 맡긴다면서…

그날
차 떠난 자리에서 울고
집에 들어와 울었다.

부엌에 가도 생각나고
안방에 가도 생각났다.

잊을라고
일부러 밭에 나가 일을 했다.
잊히지가 않았다.

　　내 자식도 아닌데…
　　지 엄마가 데려간다는데…

내가 왜 눈물이 나냐…

내가 미쳤나…

그 생각하면서 버텼다.

그 손녀딸이 커서
대학을 졸업하고
첫 월급을 탔다며 달려왔다.

"할머니, 할아버지,
훌륭하게 키워주셔서 감사합니다!"

편지와 함께 용돈을 내밀었다.

춘자

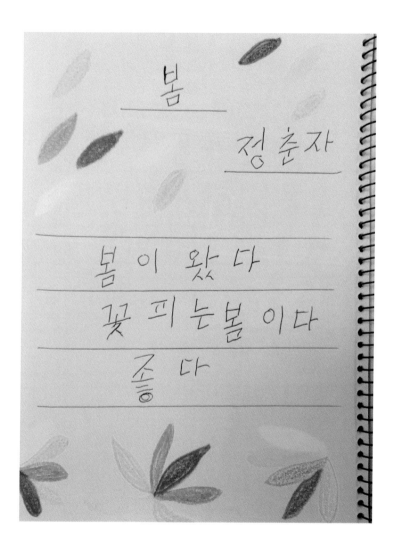

봄

정춘자

봄이 왔다
꽃 피는 봄 이다
좋 다

나훈아는 인물이다

딸이 나훈아 쇼를 예매했다고
하도 올라오라고 해서
두 노인네 기차 타고 갔다.

티브이로만 보던
나훈아를 실제로 봤다.

70이 넘었다는데
찢어진 청바지를 입고
메뚜기처럼 뛰면서 노래했다.
노래마다 겉절이처럼 감칠맛이 나고
말도 찹쌀밥처럼 찰지고 구성졌다.

　　　"자식한테 1억을 물려주면 1억짜리 바보 되고
　　　10억을 물려주면 10억짜리 바보 됩니데이.
　　　냉면이 먹고 싶으면 지금 바로
　　　내 돈으로 사 먹으이소."

　　　　　　　　　　　　　　　　　　　　　춘자

한마디 할 때마다 박수 소리가 났다.

　　저 양반은 늙지도 않네
　　하긴 저렇게 흥이 많는데 늙을 새도 없것어
　　눈빛이 그냥 사람을 홀리네그려
　　여자들이 반할 수밖에 없것어
　　남자 여우지 뭐여
　　참말로 멋지네

홍성에서 왔다는 옆자리 노인네도
연신 박수를 치고 엉덩이를 실룩거렸다.
묻지도 않았는데 '나는 딸이 보내줬어유' 했다.

내려오는 기차에서 남편이 말했다.

　　나훈아 따라올 자가 읎써
　　생긴 것도 얼마나 시원시원햐

몇백 년에 한 명 나올까 말까 하지
남자 중의 남자여

딸이 김밥이랑 귤을 싸줘서
기차에서 먹으면서 내려왔다.
계단 오르내리느라 힘들었어도
호강했다 싶어서 그런가
피곤하지가 않았다.

자랑거리 하나가 생겼다.
우리 동네에서 나훈아 본 여자는
나밖에 없다.

춘자

나훈아콘서트

정춘자

남자같이
생겼더라
이글이글하니
남자답더라
노래할땐
참말로
기운이좋더라
생긴거처럼
노래하더라

미운 여자

해 뜨기 전에
일하러 나갔다.

해가 저물어도
밭 한 고랑이라도
더 매고 왔다.

일벌레마냥 일하니까
동네 여자 하나가
이런 말을 했다.

그렇고롬 일만 하는디
잘 못 살믄
억울해서 어쩐댜?

말주변이 없어서 대꾸를 못했다.
세월이 흘러도 그 말이 잊혀지지 않았다.

춘자

속으로 말했다.

그려,
니 말이 맞을지도 모르것다
못 배우고 가진 게 없어서
나는 죽어라 일할 것이여

일 안 하는 니랑
일만 하는 나랑
누가 잘 사는지
나중에 보면 알것지

세월이 흘렀다.
지도 먹고 살고
나도 먹고 살고
도찐개찐이었다.

그 여자는 눈이 고장 났고
나는 허리가 고장 났고
도찐개찐이었다.

춘자

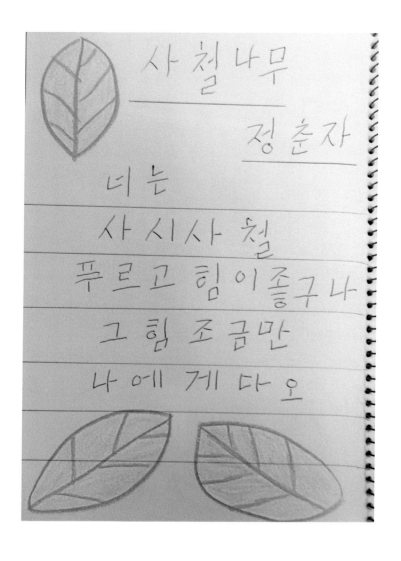

사철나무

정춘자

너는
사시사철
푸르고 힘이좋구나
그 힘 조금만
나에게 다오

사위 이야기

맏사위는 황소 같다.
덩치 좋고 정이 있다.

출장 가는 길에
일부러 처가에 들러
쇠고기랑 용돈을 놓고 간다.

명절날,
혼자라도 꼬박꼬박 다녀간다.
청국장 하나로도 밥 두 그릇이 뚝딱이다.
밥 먹으면서 말은 한마디도 안 한다.

둘째 사위는 사슴 같다.
조용하고 차분하다.

어쩌다 딸네 집 가서 보면
설거지 청소 빨래까지 사위가 한다.

춘자

전생에 여자였나 싶다.

사위는 청소가 제일 중요하다고 하고
딸은 청소하려고 태어난 거 아니라고 한다.

토끼띠라서 그런가
양배추, 배추, 상추, 고추…
풀떼기 반찬만 찾는다.
똥배는 애기 밴 여자 같다.

셋째 사위는 고래 같다.
편하고 든든하다.

막내딸은 남자를 고르고 골랐다.
이 핑계 저 핑계 대면서
좋다는 남자 보내고 보내길래
황금차 다 보내고

똥차 만나면 어쩌나 했다.

그런데 서른아홉에
100점짜리 사위를 데려왔다.

늦게 만났어도
나무와 흙처럼 서로 위하고 산다.
북적북적한 처가가 좋다 하고
장인 장모 포옹도 해준다.

덩치만 있지 비실비실해서
김장할 때 김치통 나르는 것도
낑낑거린다.

팔자가 뭐길래

남편은 이런 말을 했다.

동네에 점 보는 할머니가 있었는디
동네 사람들이 그 사람 말에 꼼짝을 못 하는겨
울 엄니도 자꾸 거기 가셨고 나는 영 못마땅했지
내 중매가 들어와서 엄니가 또 가서 점을 봤는디
궁합이 안 맞는다고 했다는겨
그래서 보란 듯이 내가 혼인하겠다고 했지

60년을 살아보니
그 점쟁이 말이 맞다.

남편은
애교 많고 여우 같고
말 잘하고 잘 나서는
장군 같은 여자를 좋아한다.

나도 할 말은 있다.

나는,
아무리 못났어도
마누라 최고인 줄 알고
금이야 옥이야 아껴주는
곰같은 남자가 좋다.

궁합이 안 좋다는 점쟁이 덕에 혼인해서
금쪽같은 자식 다섯 낳고 이만큼 살았다.
마냥 좋은 팔자란 없다.

나무는 흙이 필요하고
흙은 물이 필요하고
물은 불이 필요하고
불은 쇠가 필요하듯

춘자

서로 다독이며 사는 게
좋은 팔자다.

길과 이별하다

읍내 가서 파마를 했다.
이만 오천 원짜리였다.

미용실 주인은
사만 원짜리를 하라고 했다.

뽀글거리면 되었지
그렇게는 못 한다고 했다.

파마를 하고
허리가 아파 약 사 들고
굼벵이처럼 걸어왔다.

힘이 들어
길가에 주저앉았다.

춘자

젊었을 때는
새벽밥 먹고
리어카 쓰러질 정도로
열무 싣고 팔러 다니던 길인데

이제는 더 이상 이 길을
나 혼자는 못 가겠구나

오늘이 내 발로 걷는
마지막 날이 되겠구나

때가 되면
하나 하나 이별을 해야 하는데
오늘은 이 길하고 이별을 하는구나

늙는 거는
겁이 안 나는데

내 자식들 고생시킬까 봐
그것이 걱정이구나

춘자

내 인생

정춘자

맨 날

땅 파고 풀 뽑고

땅 파고 풀 뽑고

밥 먹고 일하고

밥 먹고 일하고

남는 건

병든 몸뚱이뿐이네

나비, 이놈

나비,
그놈이
볼 때는 예쁜데
농사짓는 데는 안 예쁘다.

말질을 곧잘 한다.
배추 심어 놓으면
배춧잎에다 알을 까서
벌레들이 배추를 갉아 먹는다.
배춧잎에 구멍이 숭숭 뚫린다.

여기저기 예쁜 꽃들 놔두고
왜 심어 놓은 배춧잎에다
알을 까고 지랄인지 모르겠다.

그래서 올해는 배추 심어 놓고
모기장을 쳤다.

춘자

사람도 그렇다.
멀쩡하게 생겨서
속 썩이는 사람이 있다.

눈에 보기 좋다고
마음도 좋은 게 아니다.

누구는
나비를
날아다니는 꽃이라 하는데

나에게
나비는
말질하는 꾸러기다.

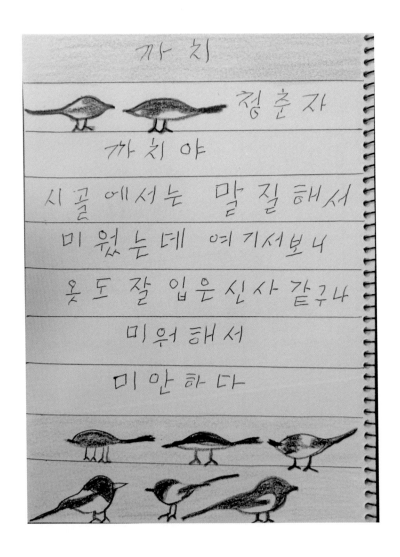

까치

정춘자

까치야

시골에서는 말질해서

미웠는데 여기서보니

옷도 잘 입은 신사 갈구나

미워해서

미안하다

춘자

도시락 싸는 여자

시집온 다음 날부터
도시락을 쌌다.

학교 다니는 시동생 도시락,
우리 집에서 학교 다니던 시누 아들 도시락,
막내아들 고등학교 졸업할 때까지
오 남매 도시락,

수십 년 동안
새벽닭 울기 전에 일어나
가마솥에 밥을 했다.
시계가 없어도
저절로 일어나졌다.

보리밥 싸준 날도 있고
김치 하나 싸준 날도 있는데
누구 하나 반찬 투정한 적이 없다.

크고 작은 노란 양은 도시락
마루에 대여섯 개 늘어놓으면
뚜껑 닫아서 하나씩 가지고 갔다.

도시락 싸는 건
하나도 힘들지 않았다.

식구들 밥 먹이는 게
내 인생에서 제일 중요했으니까.

춘자

밥은 하늘이다

모내기할 때는
삼사십 명 일꾼들 밥을 했다.

고기 사다 국 끓이고
머우 삶아 무치고
열무김치 담그고
장 지지고
막걸리도 받아서
머리에 이고 논으로 갔다.

논두렁에 내려놓으면
일꾼들 국 한 그릇씩 들고
밥 말아서 맛있게들 먹었다.

아침 해 주고, 샛밥 주고
점심 해 주고, 샛밥 주고
하루 네 번을 밥해서 날랐다.

못자리 이장할 때도
문중 사람 몇십 명 밥을 했다.

고기 재고
홍어회 무치고
육개장 끓이고
잡채를 해서 대접했다.

맏며느리로 살면서
밥할 일이 참 많았다.
잘 먹었다는 소리도
많이 들었다.

인삼 캐던 날엔
열댓 명 일꾼들
점심 해주려고
인삼 캐다 달려가 밥을 했다.

춘자

따순 밥 먹고
따순 밥 해 주며
어울려 살았다.

나에게
밥은 하늘이었다.

인생, 고놈 참

산다는 건
근심이다.

오는 비 막을 수 없고
궂은 운명 피할 수 없다.

누구는 하나밖에 없는 자식을 잃고
누구는 농약 먹고 세상을 떠나고
누구는 빚쟁이가 되어 야반도주하고

누구는 우물에 빠지고
누구는 우물에 빠진 이를 살리다 죽고
누구는 애를 열둘을 낳았는데
먹고 살기 힘들어 쌀을 훔치고

누구는 인생 초반이 좋고
누구는 인생 중반이 좋고
누구는 인생 후반이 좋다.

남의 가슴에 못 박지 않고
잊을 거 싹 잊어가면서
조신하게 살면 된다.

춘자

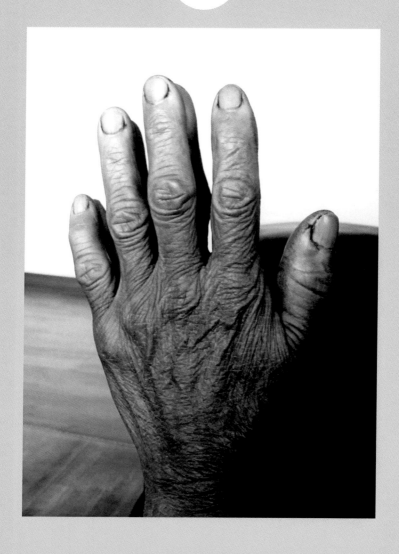

3부

인생, 들꽃처럼

밥풀 같은 개망초
무덤가에 핀 제비꽃
서글퍼 뵈는 할미꽃

손녀딸 같은 괭이밥
만만해 보이는 토끼풀
이름값 하는 씀바귀

아침에 피는 나팔꽃
저녁에 피는 분꽃

너무 흔해서 대접 못 받는 꽃
들꽃이다.

그래도 들꽃은
뙤약볕 겁내지 않고
천둥 번개 맞아가면서

춘자

자빠지면 일어난다.
잘 죽지 않는다.

눈에 띄지 않고
울긋불긋하지 않지만
들꽃은 들꽃답게
잘만 산다.

행복은 발밑에 있다

씨앗을 뿌리고
기다리기만 하면
땅속에서 아기 손톱만 한
싹이 나온다.
자식 같다.

그 어린잎 보려고
아침저녁으로 밭에 갔다.

그 작은 씨앗이 크면서
배추 되고
상추 되고
깻잎 되고
도라지 된다.

그거 보는 재미로 살았다.

춘자

내가 심은 씨앗
내가 키운 곡식
내 자식 같으니

밭에 가면
늘 행복했다.

땅은
차별이 없었다.
뿌린 대로 거두게 해줬다.

내 평생
땅과 함께했다.

내 행복
발밑에 있었다.

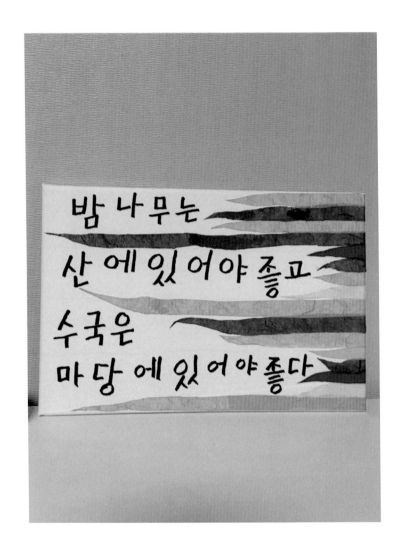

춘자

자식이 뭐길래

자식들이 내려온다고 하면
마음에 바람이 분다.

미나리 뜯어야지
쑥도 뜯어야지
들기름도 짜다 놓자
닭을 삶을까 고기를 구울까
땅콩도 볶아야겠다

큰사위 좋아하는 생채
둘째 딸 좋아하는 열무김치
막내아들 좋아하는 파김치

들논에 가서 우렁도 잡아야지
도토리 주워다 묵도 해야지
두릅장아찌도 담가야지

딱 하룻밤
자고 간다.

따끈한 밥에
청국장이랑 겉절이 해주면
다들 좋아한다.

부대끼며 살다가
어쩌다 고향 집 오는데

애미가 오래 있어야 하는데…

언제 또 오려나…

그 생각하면서
차가 안 보일 때까지
손을 흔든다.

춘자

결혼의 조건

물건이야 맘에 안 들면
쓰다 버리면 그만이다.

사람 잘못 만나면
괴로움, 말도 못 한다.

인물에 넘어가지 말고
말주변에 혹하지 말고
끼 있는 사람 조심하고
돈 자랑하는 사람도
피해야 한다.

　　속이 깊은가
　　맘이 넓은가
　　근본이 있는가
　　능력은 있는가
　　말이 통하는가

따져볼 일이다.

그날이 그날 같은 인생
별을 따다 준다는 사람 말고
함께 수건 널고 양말 개는
그런 사람이 좋은 사람이다.

행복한 결혼은
나 하기에 달린 것보다
좋은 사람 만나는 것에 달렸다.

이웃 마을에
말씨 솜씨 맵시 마음씨
어느 하나 빠지지 않는 여자가 있었는데
남자 잘못 만나서 평생 고생만 하다가 갔다.

세상에

변하지 않는 게 있다.
사람 성질이다.

괴로운 인연일랑
만들지 않는 게 좋다.

나잇값에 대하여

내가 시집왔을 때
증조할아버지가 계셨다.
가족들 불러놓고 말씀하셨다.

    '어린 손주며느리

    혼자 밥 짓게 하지 말게나'

시아버지는
그 누구에게도 싫은 소리
한 번을 안 하고 살다 가셨다.

동네 똥개 한 마리가 지나가도
찬밥 한 덩이를 먹였다.

두고두고 좋은 어른이셨다.

춘자

난초 향기는 열흘 가고
사람 향기는 죽는 법이 없다.

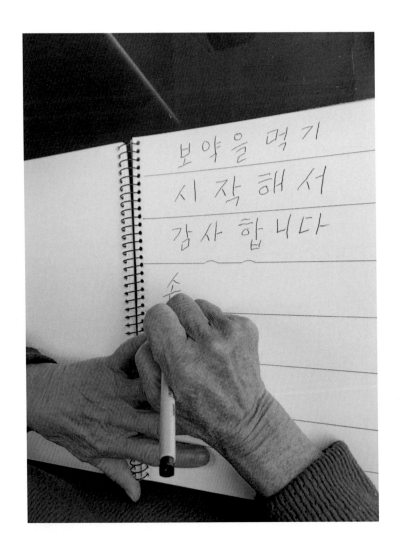

춘자

마음먹기의 힘

생각이 많으면
고달프다.

머리를 너무 굴려도
복이 없다.

고집 센 것도 안 좋다.
좋은 인연 놓친다.

집 앞에 사나운 개가 있으면
그 집에 사람이 못 들어오듯

야박하고 고집불통이면
사람이 안 온다.

제사상에 올리는 나물처럼
담백해야 한다.

마음, 그것이
이집 저집 들락거리는
바람난 남자 같으면 안 된다.

행복이란
덜 괴로운 것이다.

누가 내 흉을 보면
나는 내가 못났으려니 했다.
남편이 잔소리하면
나는 귀머거리려니 했다.

태풍이 와서 농사를 망치면
내년은 괜찮겠지 했다.

몸이 여기저기 아프면
이만큼 살았으면 많이 살았지 했다.

춘자

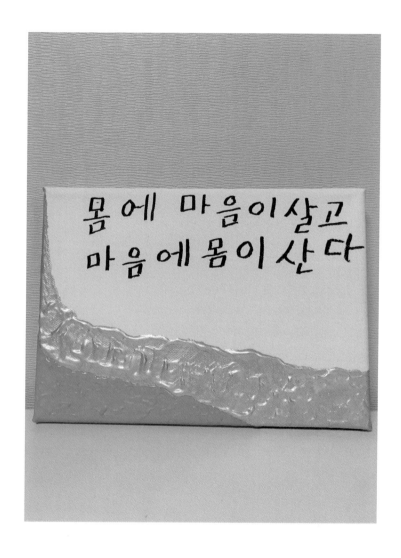

잡초

밭에 씨를 뿌리지 않으면
잡초가 바로 올라온다.
며칠만 나 몰라라 해도 밭을 망친다.

씨앗을 심고
매일매일 잡초를 뽑아주어야 한다.

잡초가 한번 무성하게 난 밭은
그 씨가 땅속 깊이 숨어 있어서
아무리 뽑아도 끈질기게 나온다.

우리 밭은 잡초가 없었다.
잡초가 올라올 새를 주지 않았다.
그러다 밭을 남에게 한 해 빌려줬는데
그다음 해부터 잡초가 무성해졌다.

농사는 자식 키우는 거랑 같다.

춘자

새싹을 잡아올려도 탈이 나고
내버려 두면 잡초밭이 된다.

때를 놓치지 말고 공을 들여야
땅이 기름지고 곡식이 잘 자란다.

마음도 그렇다.
해로운 생각이 주인 노릇 못하도록
잡초 뽑듯 그때그때 없애야 한다.

세상의 이치

뽕나무를 심어야
누에가 나오고
비단옷을 입는다.

깨밭에 씨 뿌리고
물 주고 솎아 줘야
깻잎이 나고 깨소금을 먹는다.

세상에 거저 되는 건 없다.

우리 동네에
칠복이 아저씨가 살았다.

가난했지만
열심히 일해서
땅 천 평을 샀다.

춘자

노름판에 다니기 시작하더니
노름꾼들에게 속아서
땅을 다 잃었다.

소주를 병째 들고 마시더니
일찍 죽고 말았다.

인생,
노름판을 믿으면 안 된다.
땀을 믿어야 한다.

열무야, 고맙다

열무는 효자였다.

읍내로 팔러 가면
우리 열무가 싱싱하다고
도매꾼들이 서로 사겠다고 마중을 왔다.

남편은 앞에서 리어카를 끌고
나는 뒤에서 밀며 팔러 다녔다.

도매꾼들이 기다리고 있어서
새벽에 일어나 아침도 못 먹고
열무밭으로 달려갔다.

나는 이슬 맺힌 열무를 뽑고
남편은 다발로 묶었다.

춘자

열무 60단을
리어카에 싣고 장에 가는데

오르막길에서
힘이 다 빠졌다.
머리에서 발까지 땀이 흐르고
다리는 후들거렸다.

사람 올 때까지 기다리면
교복 입은 학생이 밀어주기도 했다.

머리에 이고 갈 때도 있었다.

물 뿌린 열무는 바로 무르지만
이슬 맞은 열무는 종일 무르지 않는다.

옆자리 열무 팔러 온 이들이 말했다.

워째 같은 열무인디
그 집 열무는 벌레도 안 먹고
시들지도 않는대유?

배고파도
짜장면 한 그릇을 안 사 먹었다.

그렇게 열무 팔아서
5남매 학비를 냈다.

자식들 공부시켜야 하니
소리가 절로 나왔다.

　열무 사세유
　열무 사세유

　　　　　　　　　　　　　　　　春자

미련

더 좋은 세상
못 살아봐서 미련이 남느냐고
누가 물었다.

아니라고 했다.

몸은 힘들어도 마음은 힘들지 않았다
돈은 없어도 정이 없지는 않았다
좋은 물건은 없어도 좋은 가족은 있었다
큰 복은 없어도 먹고 살 만은 했다

소고기가 몸에 좋을지
산나물이 몸에 좋을지

비단옷이 아름다운지
무명옷이 아름다운지
생각하기 나름이다.

누구는 아는 게 힘이라 하고
누구는 모르는 게 약이라 하고

누구는 장미꽃이 좋다 하고
누구는 호박꽃이 좋다 하고

누구는 몸이 편하고
누구는 마음이 편하고

그것이 인생이다.

못난 나무가 숲을 지키고
못난 자식이 효도한다.

농사짓는 데는
햇볕뿐만 아니라
비, 바람, 구름도 있어야 한다.

춘자

세상 만물은
저마다 뜻이 있다.

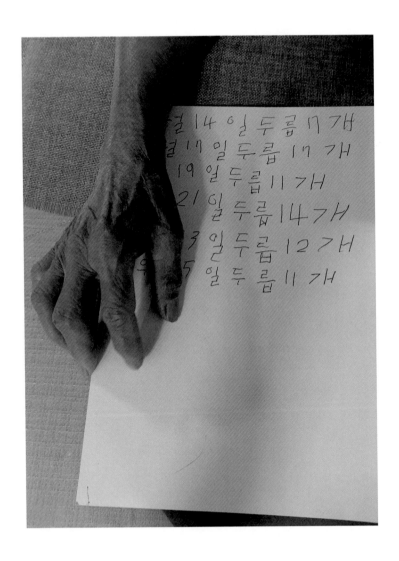

춘자

4부

여자의 눈물

여자는 꽃이라는 노래가 있는데
나는 꽃으로 산 적이 없다.

소
호미
쟁기로 살았다.

내가 벌어 내가 먹고살아서
다른 팔자 부럽지 않다.

예쁜 여자는 남 보기 좋고
씩씩한 여자는 지 살기 좋다.

눈물로 말하는 여자보다
울다가도 밥 잘 먹는 여자가 좋다.

춘자

초승달처럼 우아하고
보름달처럼 푸짐하고

송곳처럼 할 말 하고
망치처럼 힘센 여자가 좋다.

인생을 말하다

누구는 고달팠노라
누구는 즐거웠노라

누구는 견디고
누구는 웃는다.

해가 지면 달이 뜨고
달이 지면 해가 뜨듯

눈물 없는 인생이 없고
눈물만 있는 인생도 없다.

가혹한 운명과는
싸우는 거 아니다.

받아들이면
흘러간다.

춘자

나도 떠나고
너도 떠나고

올 때도 빈손
갈 때도 빈손

그것만 명심해도
덜 괴롭다.

병이 스승이다

병원에 입원했을 때

남편이 반찬 싸 오고
큰딸이 음식 해오고
손자 손녀까지 다녀가니
옆자리 노인이 말했다.

　　자네는 복이 많은갑소

죽어라 일만 하고 살았는데
무슨 복이 있을까.

돈 없는 자식은 있어도
속 썩이는 자식은 없다.

내 자식들
나 닮아서 무뚝뚝해도

　　　　　　　　　　　　　　　춘자

가을 배추처럼 속은 꽉 찼다.

걷는 복,
걸을 때 모르고

먹는 복,
먹을 때 모른다.

병원에 있지 않고
집에 있는 게 복이다.

내 집에서
다리 뻗고 자는 것보다
좋은 복이란 없다.

허리에게

정춘자

꾸부리고
해전

상추를 따면
뿌러질 정도로
허리가 아팠다

겨울 상추를
남편이랑 100박스
딴 날도 있다

허리야

일복 많아서
고생시켜서
미안하구나

제사상 앞에서

제사상,
60년을 차렸다.

조상님들 음식 드시러
오시는지 안 오시는지 나는 모릅니다.
그래도 제사상 올릴 음식
허투루 만든 적 없고
힘들다 생각한 적 없지요.
그런데 이제는 내 허리가 꼬부라져
보통 일이 아니 되었습니다.
그래도 차릴 수 있는 날까지는
공들여 차리겠습니다.

내 자식들은
내 제사상 차리느라
애쓰지 않았으면 좋겠다.

형제지간 모처럼 만나
웃다 갔으면 좋겠다.
노래도 한 자락 하면서
잔칫날처럼 지냈으면 좋겠다.

죽은 사람 때문에
산 사람 힘들지 않았으면 좋겠다.

무덤 속에 어머니 있다고
생각하지 말고

바람도 어머니
구름도 어머니
별도 달도 어머니라
생각했으면 좋겠다.

춘자

바위에 앉아

정춘자

시냇물은
졸졸졸
잘 도 흐른다
느들 따라 가면
어 디 쯤 될 까?

심청전 읽고 한마디

둘째 딸네에 갔었다.
딸이 자꾸 책을 읽으라 해서
심청전을 읽었다.

심 봉사가
문밖에서 바람 소리만 나도
죽은 부인이 온 줄 알고
문을 열었다는 대목에서 울었다.

'심청 어매는 죽어서도 귀한 대접을 받네'

부부란 게
밉다가도 돌아서면 딱하고
성가시다가도 없으면 허전하고
잔소리하는 거 꼴 보기 싫다가도
혼자 있으면 사는 거 같지가 않고

춘자

같은 일로 기뻐하고
같은 일로 눈물 흘린
딱 한 사람이다.

책을 한 권 읽을 때마다
딸내미는 공책에 기록하라고 했다.
한 글자 한 글자 눌러 썼다.
끝도 없이 읽으라 해 싸서
시골로 내려왔다.

딸은 책 읽는 게 일이고
나는 일하는 게 책 읽는 거다.

딸은 책이 스승이고
나는 땅이 스승이다.

그나저나
심청이가 우리 동네에 살면
쌀이고 김치고 갖다주고 싶다.

춘자

미안함

정춘자

내가 만날
아프다고 했으니
남편이 좋아 했겠나
딸네 집 와서
아프다고
찡그리고 있으니
딸들이 좋을리가 있겠나
아프다 아프다 하니
좋아 할 사람 누가 있겠나
아이고 미안 하구나

웅이 엄마 이야기

옛날 옛적 우리 앞집
그림 같은 초가집에
웅이네 세 식구 살았다.

웅이 아버지는 사시사철
안방에 누워 헛기침만 했다.

웅이 엄마는
그런 서방님을
하루 세끼 꼬박꼬박 챙겼다.

웅이는 가난해서
학교를 못 다니고
돈 벌러 도시로 갔다.
죽은 사람 몸 씻겨주는 일을 했다고 한다.

도시 나간 우리 애들

춘자

고향 집 오면 신발도 벗지 않고
웅이 엄마에게 달려갔다.
웅이 엄마 좋아하던
담배 한 보루 사다 드리고
목도리도 떠 드렸다.

웅이 엄마 먼저 죽고
웅이 아버지 죽고
웅이도 객지에서 죽었다.

대문 없는
웅이네 마당은
동네 애들 놀이터였다.
숨바꼭질, 오징어, 땅따먹기,
구슬치기, 뺀 치기, 자치기…
꼭 거기서만 놀았다.

뒤꼍에는 장작이 가지런히 쌓였고
부뚜막은 항상 깨끗했다.
대문 없는 그 작은 집으로
어른도 모여들고
애들도 모여들었다.

동네에서 제일 가난했는데
다들 웅이네를 좋아했다.

집도 순하고
사람도 순했다.

춘자

부잣집의 운명

우리 동네 제일 큰 부잣집은
아랫뜸 박 씨 아저씨였다.
대궐 같은 기와집에
방은 대여섯 개가 넘고
머슴까지 부리며 살았다.

동네 사람들
그 집 논 빌려 농사지어
가을에 곡식으로 갚는데
박 씨 아저씨, 인심이 좀 박했다.
덕이라고는 완두콩 반 알만큼도 없었다.

흉년이 들어도
꼬박꼬박 받을 거 받았다.

잘 웃지도 않는 양반이라
마주쳐도 말 한마디를 못 했다.

춘자

세월이 흘러
박 씨 아저씨 일찍 죽고
자식들이 그 넓은 땅을
하나씩 팔아버렸다.

부자가 삼대를 못 가듯
가난도 삼대를 안 간다.

누구는 땅을 물려주고
누구는 덕을 물려주고

세상은 돌고 돈다.

첫아들 낳던 날

딸 셋을 낳고
미역국 한 양푼
먹고 싶었는데
그러지 못했다.

애기 낳고 며칠 만에 일어나
김치로 국을 끓여 먹는데
속이 따가워 먹지를 못했다.
늙은 호박 긁어서
국 끓여 먹으니
그제야 속이 좀 편해졌다.

그러다 첫아들 낳던 날,
아들인지 딸인지 몰라
혼자 이를 악물고 버텼다.
아들이었다.

춘자

한밤중에
애기 울음소리가 나니
다들 자다 일어나 모여들었다.

시어른, 시누, 남편…
애기 구경하느라 잠을 안 자고
밥해 먹으면서 밤을 새웠다.

나도 어깨 좀 펴고 살겠구나 했다.

살아보니
딸이 많을수록 호강이다.
딸 많은 집에 웃음소리가 크다.

병원에 있을 때
사람들이 이런 우스갯소리를 했다.

늙어서 병원에 입원하면
딸은 맛있는 거 해 오고
사위는 침대에 걸터앉고
아들은 딸이 해 온 거 먹고
며느리는 복도에서 핸드폰 한다

춘자

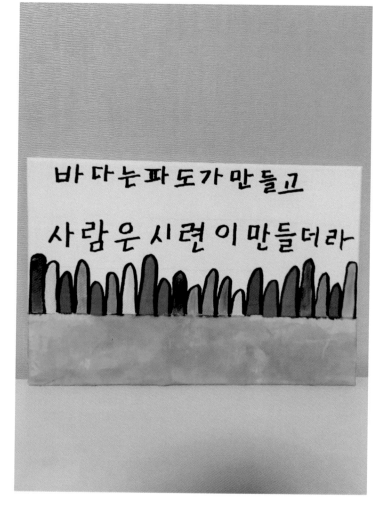

5부

추억 부자

고구마 줄기 따서 껍질 벗겨 팔고
호박, 가지, 열무, 얼갈이배추
한 다라 이고 가서 팔았다.

팔 거 있으면
하나라도 더
머리에 이고
장에 갔다.

우리 집 강아지
마을 밖까지 따라왔다.

　야가 성가시게 왜 이런댜
　그만 집에 가래도 그러네

큰소리쳐서 돌려보냈다.

춘자

잘 팔리면
다음날 또 가고 싶은데
안 팔리는 날은
다음날 장에 가는 마음이
바위처럼 무거웠다.

한 번은
열무 팔고 오는 길에
소나기가 내렸다.

비에 젖어 마을로 들어서니
강아지, 나를 향해 달려오고
막내아들, 우산 들고 뛰어왔다.

그 시절
힘들어도
힘든 줄 모르고 살았다.

잊을 수 없는 순간

동네에 초상이 나면
동네 여자들은
그 집에 모여
수의 꿰매고
문상 온 손님들
밥상과 술상을 차렸다.

동네에 누가 상을 당하면
집집마다 빨래 안 했던 시절

진석이 할아버지가
정월 초사흘 날 돌아가셨다.
눈이 무릎까지 쌓인 날이다.

진석이네서 밤새 일하고 왔다.
오 남매가 오밤중에 밭에 가서
비닐하우스 위에 쌓인 눈을 다 쓸어냈다.

춘자

하우스에 눈 쌓이면 주저앉는데
어찌 그걸 알고 오 남매가 밭에 갔는지

지금 생각해도 신통방통하다.

오 남매가 일하고 와서
벗어 놓은 옷이 마루에 수북했다.

지금도 그게 눈에 선하다.

욕심

정춘자

나는

일 욕심이 많았다

일 거리를 보면

다 해야

직성이 풀렸다

이렇게 늙을 줄 모르고

일만 했다

남의 집 일도 다녀야

사는 거 같은디

지금은 집에만 있으니

송장이지 뭐

나에게 딸기는 과일이 아니다

딸기 농사,
30년을 했다.

여름에 모종 사다
가을에 모종 길러
겨울에 비닐 씌우고 구멍 내고
아침저녁으로 겨우내 하우스 열고 닫고
봄에 딸기를 딴다.

온 식구 딸기밭 고랑에
한 사람씩 쭈그리고 앉아
딸기 따고
소쿠리 나르고
크기별로 나눠 담고
이름 써서 꼬리표 붙인 후
트럭이 지나가는 길에
탑을 쌓아 올렸다.

컴컴해져서야
온 식구 함께 걸어
집에 왔다.

딸기 덕분에
초가집에서 기와집으로 바꾸고
자식들 공부도 시켰다.

지붕에 마지막 기왓장 올라갈 때
꿈인가 생시인가 싶었다.
자다 일어나 살을 꼬집어보고 다시 잤다.

우리 집 딸기는
서울에서도 알아줬다.
도매상들이 맛을 알고
서로 달라고 했다.

춘자

딸기 농사만큼은
우리가 박사였다.

딸기 농사지으며
제일 힘든 건

무거운 철재 쇳덩이를
땅에 박는 일이었다.

얼마나 무거운지
다리는 후들거리고
어깨는 빠지는 것 같았다.

국수 한 그릇 먹고
쇳덩이 어깨에 짊어지고
나르고 박을 때면
하두 힘이 들어서

허수아비가 부럽고
참새가 부러웠다.

다시 태어나면
새가 되고 싶었다.
누구의 간섭도 받지 않고
마음대로 날아다니는
새가 되고 싶었다.

누구에게는
딸기가 과일인데

나에게 딸기는
땀이고
몸이고
청춘이고
인생이었다.

춘자

내 인생 정춘자

일만두게지계햇다가

쪼금살만하니까

몸이 이지랄이네

나의 6.25 이야기

6.25 전쟁 때
내 나이 여덟인가 아홉이었다.

깊은 산골이라
전쟁이 일어난 줄도 몰랐다.

한번은 인민군이 와서
동네 사람들 미루나무 밑에
다 모아 놓고
뭐라고 지껄이고
가버렸다.

인민군들 뒤통수에 대고
막걸리 잡수신 우리 아버지
말씀하셨다.

　"지랄하고 자빠졌네"

　　　　　　　　　　　　　　춘자

어떤 동네는
애고 어른이고
총살시켰다 하고

누구는 땅굴에 숨고
누구는 쌀독에 숨고
누구는 항아리에 숨었다고 했다.

남편은 그때가 열두 살인가
어머니랑 소금을 사러 장에 갔다고 한다.
무거운 소금 자루를 등에 짊어지고 오는데
땅이 질퍽해서 신발은 자꾸 벗겨지고
너무 무거워서 눈물은 나고

고생고생해서 집에 왔더니
전쟁이 터졌다고 한다.

동네 사람들 얘기 들어보니
중공군들이 사람을 많이 죽였고
양민이 양민을 죽이는 일도 많았고
노비들이 주인을 끌어다가 죽였다고 한다.

KBS에서 이산가족 찾기 했을 때
가족들 상봉하는 거 보면서 많이 울었다.

누구는 전쟁 중에 태어나고
누구는 전쟁 중에 죽고
누구는 전쟁 때문에 가족을 잃고
누구는 전쟁 때문에 가족과 헤어지고
그 시대가 복이 없었다.

동네 어르신들이 그랬다.
일본 놈들이 설치던 때는
말 타고 칼 차고 다니는 일본 순사가

춘자

세상에서 제일 무서웠다고.
호랑이보다 무서웠다고.

아무리 힘들어도
이 시대가 좋은 팔자다.

춘자

변해야 산다

두 노인네
KBS 가요무대 보는 재미로 살았다.

하도 보니까
그 노래가 그 노래고
그 가수가 그 가수였다.

어느 날부터
총각들이 우르르 나와
트로트를 부르기 시작했다.

영웅이 노래는 애달프고
영탁이 노래는 신이 나고
찬원이 노래는 구성지고

총각들은 노래도 잘하고
우애 있고 서글서글했다.

티브이만 틀면 여기저기 나오는데
다들 힘들게 살았다고 했다.

어려운 시절이 되려
훈장이 되는 날이 저렇게 온다.
소맷자락이 길어야 어깨춤이 아름답듯
어려운 시절을 건너와야 사람이 강단 있다.

비에 젖은 사람은 비가 겁나지 않고
굶어본 사람은 가난이 겁나지 않는다.

가만히 서서 노래 부르던 옛날 가수들,
먹고 살기 힘들어졌다.

운명이든
사람이든
마음이든

춘자

음식이든

노래든

변한다.

부잣집 장 서방

이웃 마을에
부잣집 장 서방네가 있었다.
그 집에 식모가 살았는데
장 서방 마누라가 죽고
식모가 안주인이 됐다.

장 서방은 야박했다.
일꾼들 일 시켜놓고
어떤 놈이 어떻게 일하나
논두렁에 앉아서 감시했다.
일을 잘 못하면 쫓아냈다.

한번은 여자들이 그 집에 보리를 베러 갔다.
키 작은 딸부잣집 여자가 일을 잘 못한다고
장 서방이 고함을 치면서 쫓아내려 했다.
내가 한마디 했다.

춘자

아니, 일하고 있는 사람을 어떻게 쫓아낸대유?

오늘은 일하고 내일부터 나오지 말라고 하면 되지유.

장 서방 일찍 죽고

그 여자랑 나는 꼬부랑 할머니가 됐다.

얼마 전

그 여자를 만났는데

나한테 고맙다고 했다.

그 옛날 그 말 해 준 게

평생 그렇게 고마울 수가 없었다고 했다.

그 얘기하면서

이빨 빠진 두 노인네

길에서 웃었다.

남자 고르는 법

가정에 충실한 사람이 최고다.
이해심 많고 잔정도 있어야 한다.

우리 동네에 멀쩡히 살다가
남자가 늦바람 나는 바람에
집안이 망해서 여자가 자식들 데리고
어디론가 떠난 집이 있다.

마음에 중심이 없는 남자는
영락없이 철없는 짓을 한다.

처음이 좋다고 끝이 좋은 게 아니고
생긴 게 멀쩡하다고 속이 멀쩡한 게 아니고
가진 게 많다고 사람이 괜찮은 게 아니다.

헤프면 믿음이 안 가고
무뚝뚝하면 답답하고

춘자

밖으로 돌면 불안하고
돈 자랑하는 이는 사람 우습게 알고
술을 너무 좋아하면 가족도 뒷전이다.

복숭아꽃 아래에
절로 길이 생기듯

마음이 후덕해서
좋은 사람이 모여들고
마음은 호수처럼 잔잔하고
도리를 아는 남자가
좋은 남자다.

돈이란 것이
비빌 언덕이 되니까
능력도 있어야 한다.

그런 사람 찾으려면
얼마나 힘들까.

그래도 잘 찾아보면
어딘가 있긴 있지 않을까.

춘자

우리 집에 시인이 산다

전라도로 시집간
둘째 시누이는 여든여덟이다.
정 많고 눈물 많고 말 잘하고
욕을 해도 정겹고 찰지다.
6형제 모이면 둘째 시누이 때문에 웃는다.

넋 빠진 눔
지랄 급살맞네
니미 씨발눔의 거
귀쌈을 기냥 허벌나게 처버려 기냥

내가 말여 남편이 하두
보는 대로 씨부려쌌고
보는 대로 잔소리를 혀서
딸헌티 하루 말 세 번 허는 눔을 고르라고 해써.
그랬드니 하루에 말 한 번도 안 햐.

춘자

이것도 못 쓰것고
저것도 못 쓰것고
사람은 살아봐야 아는 겨
기냥 집념으로다가 사는 거여

날파리 같이 잘생긴 눔 말구
순탄허니 맴이 좀 깊으다 싶은 눔 골라야 혀

둘째 시누이도 가난해서 학교를 못 다녔다.
친구들이 학교 갈 때 시누이는 나물 캐러 다녔다.

친구들이 학교에서 올 때 보리밭에 숨었다가
지나가면 나와서 나물을 캐는데
소쿠리에 눈물이 뚝뚝 떨어졌다고 한다.

부지깽이를 불에 담갔다가
그걸 가지고 나물 캐러 가면서
땅바닥에 글씨를 썼다고 한다.

늘그막에 한글을 배우러 다녔는데
시를 써서 큰상도 받았다고 한다.

배

저 넓은 바다에
희망을 가득 싣고
갈매기 벗을 삼아
어디로 가나

해지기 전
님 찾아
어서 가세

춘자

봄처녀

— 송해숙

언덕길에 앉아 나물 뜯는데
나물 바가지 냇가에
동동동 떠내려갔다
두 발 동동 구르다
울면서 집에 왔다

그리운 어머니

— 송해숙

어머니
얼마나 먼 길을 가셨길래
한 번 가시고 소식이 없소

어머니 가신 길은
무슨 길이길래
전화 한 통이 없소

어머니 가신 길은
무슨 나라를 가시어서
차도 없는 길을 가시었소

어머니 가신 길은
앞만 있지 뒤가 없는 곳을 가셨소

어머니
어둔 밤에

춘자

가시덩쿨 걸려 넘어지니

조심조심 가세요 어머니

다음에 뵐게요

둘째 딸 송해숙 올림

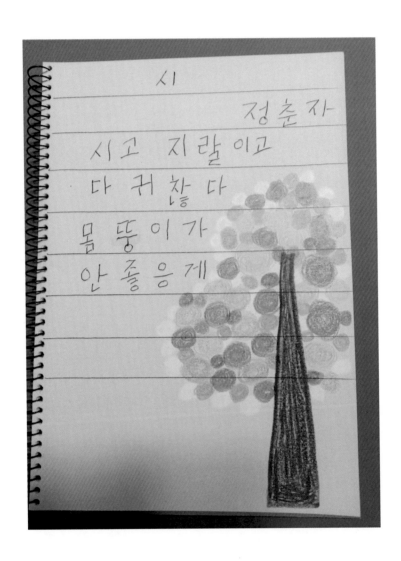

시

정춘자

시고 지랄이고
다 귀찮다
몸뚱이가
안 좋응게

어느 날

땅콩 줍고 인삼 줍고 깨 털었더니
허리가 시큰거리고 아파왔다.
일어날 수가 없었다.
화장실에 기어갔다.

그것마저도 못하는 날이 왔다.

남편에게 말했다.
오줌을 싸야 하니
세숫대야를 갖다 달라고.
남편은 큰소리를 쳤다.
화장실 가보라고.

나도 큰소리를 쳤다.
내가 화장실 갈 정도면
이런 소리를 하겠느냐고.
오죽하면 그런 부탁을 하겠냐고.

두 노인네
처음 겪는 일이 벌어졌다.
남편은 이상하다 싶었는지
세숫대야를 갖다주었고
겨우 앉아 오줌을 싸는데
가슴이 미어졌다.

남편은 말없이 집을 나가더니
먼 산을 바라보기만 했다.
나중에 말했다.
울었다고.

그 호랑이 같은 양반이
같이 산 지 60년 만에 처음으로
마누라가 불쌍해서 울었다고 한다.

남편은 119를 불렀다.

춘자

119 장정들은 나를 안아 차에 싣더니
큰 병원으로 가야 한다며
고속도로를 달렸다.

허리 척추가 부서졌고
골다공증이 너무 심각하다며
바로 입원을 하라 했다.

남편은 나를 입원시키고
버스를 두세 번 갈아타며
시골집으로 갔다.

그리곤 속옷, 칫솔, 슬리퍼, 화장지…
이것저것 가방에 챙겨서
다시 읍내로 걸어 나와
버스 두세 번 갈아타고
저녁 무렵에 병원에 다시 왔다.

간호사에게 들은 말은
"코로나 때문에 앞으로는 면회가 안 됩니다."

검은색 가방을 메고
병실을 나가는 남편
작고 비쩍 마른 뒷모습이
내 눈에 들어왔다.

　'밤늦게 빈 집에 혼자 들어가겠구나'

그렇게 나는 병실에서
꼼짝 못 하는 신세가 되었다.

걸어서 화장실 가기
팔을 움직여 머리맡의 물건 잡기
몸을 일으켜 물병의 물 마시기
그걸 못하는 몸이 되었다.

　　　　　　　　　　　　　　　　　　춘자

그래도
힘을 내야 하는 이유는
자식들 때문이었다.

나 때문에 내 자식들
걱정하면 안 되니까.
짐이 되면 안 되니까.
정신을 놓으면 안 되는 거였다.

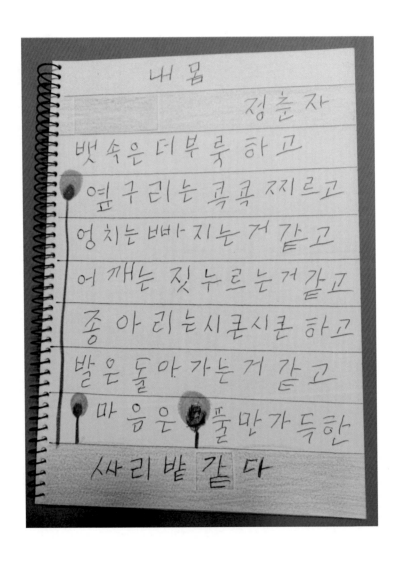

내 몸

정춘자

뱃 속은 더부룩 하고

옆구리는 콕콕 쩌지르고

엉치는 빠지는 거 같고

어깨는 짓누르는 거 같고

종아리는 시큰시큰 하고

발은 돌아가는 거 같고

마음은 풀만 가득한

싸리밭 같다

춘자

큰아들, 울다

병원에 입원한 다음 날
큰아들은 주말이라 서울에서 막차 타고
시골집으로 내려오는 날이다.

전화를 하고도 남을 큰아들이
전화를 안 했다.

나는 생각했다.
아들이 울컥해서
전화를 못 하는구나.

내가 전화를 했다.
아들 맘을 아니까.

　　"엄마……"

아들은 엄마 소리를 한 번 하고
우느라 말을 못 했다.

내가 말했다.

　"엄마, 괜찮어.
　괜찮으니께 걱정 말어.
　엄마는 여기서 잘 있으니께 걱정 말어."

아들은
집으로 내려오면서
텅 빈 막차 고속버스 창가에 앉아

병원에 실려 간 어미에게
목이 메여 차마 전화하지 못하고
가슴으로 울었음을
나는 안다.

춘자

어미라서
나는 안다.

몸님께 드리는 반성문

종일 병원 침대에 있다 보니
이런 말이 절로 나왔다.

몸님께

손과 발님이 말했습니다

몸님, 죄송합니다
몸님 생각 못 하고
일거리만 찾아다니며 살아서 죄송합니다

마음님이 말했습니다

몸님, 죄송합니다
몸님 생각 못 하고
일할 생각만 하고 살아서 죄송합니다

춘자

입님이 말했습니다

몸님, 죄송합니다
몸님에게 좋은 걸 먹여야 하는데
부실한 것만 먹고 살아서 죄송합니다

앞으로는 몸님을 생각하며 살겠습니다

춘자

내 친구들

아픈 몸으로 종일 누워 있을 때
답답하고 막막했다.

'나는 행복합니다. 나는 행복합니다.'
혼자 노래를 흥얼거렸다.

12시쯤 되면
창으로 해가 들어와
내 얼굴을 비췄다.
그 순간이 좋았다.

햇님에게 부탁했다.

　햇님
　내 몸 여기저기 아픈 거
　싹 다 뽑아다가
　멀리멀리 버려주소서

집안에서라도
살살 걸어다닐 수 있게
도와주소서

날마다
햇님이랑 말하고
두 손 모아 기도했다.

가끔 구름이 보이면
구름한테도
말을 걸었다.

4시쯤
햇님이 떠나는데
다음날 또 오니까
서운해도 참았다.

춘자

종일 누워 있으면

천장에 앉은 파리하고도 말을 하고

창밖에 보이는

햇님, 달님, 바람, 구름하고도

친구가 된다.

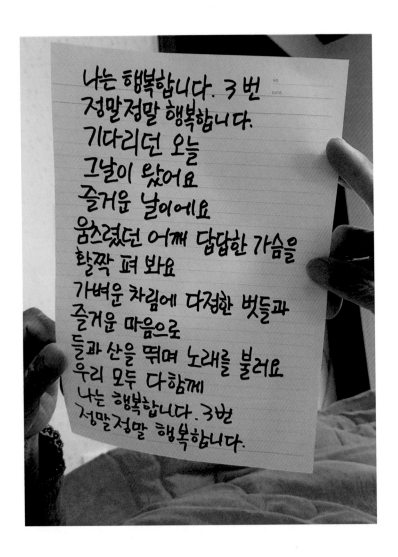

춘자

김장하는 남자

나는 아파 누워 있고
80 넘은 남편이 김장 200포기를 했다.
일주일 동안 준비하더니
동네서 김치가 제일 맛있다는 소리를 들었다.
어떻게 했냐고 물으니 술술 말했다.

양파 3kg 농사지은 거 갈아놓고
찹쌀가루 1kg 장작불에 불 때서
저어가면서 끓여서 식혀 놓고
북어 대가리랑 멸치랑 고추씨랑 엄나무로
4시간 끓여 육수를 달여 놓고
매실액도 농사지은 걸로 4kg 만들어 놓고
마늘 3접 반 까 놓고
생강 1kg 까 놓고
작년에 새우 30kg 사다가 새우젓 담가 놓았고
멸치 액젓 10kg 2통 강경 가서 미리 사다 놓고
대파 8kg 밭에서 뽑아다 다듬어서 칼로 썰어 놓고

멸치 세 박스 사서 똥 빼서 프라이팬에 볶아서
믹서기에 빻아 놓고
밭에서 무 50개 뽑아다가
반은 갈고 반은 생채로 해 놓고
갓 4kg 농사지은 거 씻어서 썰어 놓고
배추 200포기 밭에서 뽑아다가
먹기 편하게 칼로 4등분 해서 소금으로 절이고
고춧가루랑 다 넣어 버무려 속 만들고
일요일 날 자식들 내려와
배추 씻어 김장을 했다.

딸들이 말했다.
'태어나서 먹은 김치 중 제일 맛있다'
겉절이 먹을 생각에 잠들면서
'아침이 빨리 왔으면 좋겠다'고 생각했다.

내 평생

춘자

저렇게 머리 좋고
야무진 사람은 본 적이 없다.

시대를 잘 타고났으면
큰일 했을 양반이다.

춘자

인생에게(1)

운명의 독한 화살
어느 날 벼락처럼 찾아와
나를 헤집고 쓰러뜨릴 때

깊고 깊은 숲속에 들어가
100년을 굶은 사자처럼
울고 싶을 때

남들은 달디 달은 물을 마실 때
나만 입안에 모래가 가득한 것 같을 때

하늘이 하늘색인 것도 서럽고
세상이 잘 굴러가는 것도 억울하고
오로지 괴로울 때

속이 숯불처럼 타들어 가고
피가 마르고 눈물도 말라버릴 때

연기처럼 사라지고 싶을 때

왜 하필 나인지
신의 멱살을 잡고
따지고 싶을 때

그럴 때는
울어야 한다.
울어야 한다.

춘자

인생에게(2)

나는
이름 석 자 쓰는 것이 쉽지 않았다.
통장을 가져본 적이 없다.
반지 하나 없이 살았다.

오백 원 짜리 빤스를 사 입고
오백 원 받고 상추 한 박스를 팔기도 했다.

큰소리칠 줄 모르고
머리 굴릴 줄 모르고
일하는 것밖에 몰랐다.

눈 뜨면 일하고
때 되면 밥하고

혼자 울기도 하고
함께 웃기도 하고

42년생 춘자로 태어나
감사한 춘자로 살았다.

지금은
툭 건드리면
푹 쓰러질 몸이 되었지만

내 인생
이만해서
나는 좋았다.

춘자

인생

정춘자

힘든 일 있어도
이겨 먹고 살 거라

하늘이
무너질 거 같아도
세월이 약이더라

마음
너그럽게 먹고
살 거라